VENTE

Du Mercredi 9 Avril 1902

41 Tableaux

PEINTURES — PASTELS — GOUACHES

PAR

ANDRÉ SINET

Exposition particulière

LE MARDI 8 AVRIL 1902

Me LAIR DUBREUIL, *Commissaire-Priseur*

M. G. SORTAIS, *Peintre-Expert*

IMPRIMERIE MAULDE ET RENOU

MAULDE, DOUMENC ET Cie

IMPRIMEURS DE LA COMPAGNIE DES COMMISSAIRES-PRISEURS

Rue de Rivoli, 144. — Paris.

CATALOGUE

DE

41 TABLEAUX

Peintures, Pastels, Gouaches

PAR

ANDRÉ SINET

Dont la Vente aura lieu

HOTEL DROUOT — SALLE N° 7

Le Mercredi 9 Avril 1902

à quatre heures

Me LAIR DUBREUIL	**M. G. SORTAIS**
Commissaire-Priseur	Peintre-Expert
6, RUE DE HANOVRE, 6	4, RUE MOGADOR, 4

EXPOSITIONS

PARTICULIÈRE	PUBLIQUE
Le Mardi 8 Avril 1902	Le Mercredi 9 Avril 1902
de 2 heures à 6 heures	(JOUR DE LA VENTE)
	de 2 heures à 4 heures

NOTA. — Le présent Catalogue servira de Carte d'entrée à l'Exposition particulière.

Paris 1902

CONDITIONS DE LA VENTE

Elle sera faite au comptant.

Les acquéreurs paieront DIX POUR CENT *en sus des adjudications.*

MAULDE, DOUMENC, et Cie, imp. de la Cie des Commissaires-Priseurs, rue de Rivoli, 144 2691—600

NOTICE

« Une certaine impression en France a voulu ranger « André Sinet parmi les impressionnistes », écrivait en 1893 M. Henri Rochefort. Et le grand pamphlétaire, qui est en même temps un critique d'une grande autorité, ajoutait : « Il m'est personnellement impos-« sible de partager cette manière de voir. Sinet rend, « vigoureusement et d'un coup de crayon ou de pin-« ceau, des impressions fortement senties ; mais il « n'appartient pas à l'impressionnisme dans l'acception « que la mode attribue à ce mot, d'ailleurs, très vague. »

Pour notre part, nous nous garderons de décider à quelle école appartient ce peintre dont l'originalité consiste précisément en ce qu'il ne se range à aucune formule tout en se rattachant par une filiation directe à la tradition des pastellistes du XVIIIe siècle, et aux paysagistes urbains tels que Guardi et Canaletto. Nous retrouvons en lui un reflet de l'impressionnisme de notre Claude Lorrain, que nous avons la joie de retrouver dans les fantasmagories de l'Anglais Turner.

Mais, dans Paris qui s'éveille ou s'endort, qui marche à ses destins sous la forme de riches particuliers ou de pauvres hères, les vues sont les mêmes, et donnent au paysage dans lequel se meuvent les personnages la même intensité, avec en plus, la poussière tantôt grisâtre, tantôt illuminée d'or.

Ainsi se succèdent ces visions multiples, ces sensations fixées de la vie toujours changeante au milieu de l'immuable nature, traduites ici par un moderne dont l'inspiration et les tendances rappellent celles des maîtres de la vibration lumineuse dans l'atmosphère sur les paysages des cités, avec cette différence que Sinet fait évoluer dans un cadre parisien, à la fois réaliste et prestigieux, des silhouettes qui passent rapides vêtues de sombres et pittoresques pourtant grâce à la magie du décor.

A tout seigneur tout honneur : Voici l'Arc de Triomphe de l'Étoile, en silhouette sur le soleil, se couchant dans une brume violacée.

Les voitures montant et descendant reflètent vivement la lumière du zénith.

Au premier plan, à droite et à gauche des voitures, des cyclistes, des piétons, puis c'est l'Avenue du Bois, avec ses marronniers d'un vert cru, sous un soleil topaze et gris, marbré de nuages éclaircis de rose par le couchant, Au fond, l'Arc de Triomphe ; l'avenue grouillante de promeneurs et de voitures. Au premier plan, à droite, s'allongent les ombres de promeneurs que l'on n'aperçoit pas encore.

Ou bien la Place Clichy : Sous un ciel brumeux d'hiver, que le soleil commence à percer, les silhouettes des maisons de la place Clichy s'élèvent à droite et à gauche de la rue d'Amsterdam, d'où débouche un omnibus. Au milieu du tableau et presque dans l'axe de la rue, un refuge, un bec de gaz aux formes élancées, projette son ombre sur le sol légèrement givré. Des fiacres, des tramways, un cycliste, une marchande de violettes se croisent sur la place ; sur le refuge, immobile, un gardien de la paix : rues élégantes, carrefours populaires, grandes artères où le peintre nous fait sentir les pulsations de vie de l'immense cité cosmopolite. Lorsque, plus tard, des historiens, ou même simplement des curieux, voudront connaître ce que fut la vie extérieure intensivement mouvante et fugitive de Paris, ils trouveront dans ces toiles autant de documents définitifs empreints de cette vérité et de cette beauté, marque certaine des œuvres qui demeurent.

Désignation

1. *Le Coucher du Soleil derrière l'Arc de Triomphe.*

L'Arc de Triomphe en silhouette sur le soleil se couchant dans une brume violacée. Les voitures montantes et descendantes reflètent vivement la lumière. Au premier plan, à droite et à gauche, des voitures, des cyclistes et des piétons.......

Signé et daté à gauche.

H. $0^{m}47$. L. $0^{m}62$.

2. *Le Jardin des Tuileries.*

Le Pavillon de Flore et la gare d'Orléans se dessinent sur un ciel balafré de nuages gris, blancs et fauves, chassés par le vent du nord; à gauche une éclaircie de ciel bleu.

Signé à gauche.

H. $0^{m}43$. L. $0^{m}58$.

3. *Avenue du Bois et Arc de Triomphe.*

Les maronniers d'un vert crû, sur un ciel topaze et gris marbré de nuages, éclaircis de rose par le couchant. Au fond l'Arc de Triomphe; l'avenue grouillant de promeneurs et de voitures; au premier plan à droite s'allongent les ombres des promeneurs que l'on n'aperçoit pas encore.

Signé à gauche.

H. 0^m47. L. 0^m61.

4. *Rotonde du Parc Monceau (effet du matin).*

Les arbres dénudés s'estompent sur un ciel gris pâle à reflets changeants. Le soleil apparaît derrière les nuages et projette sur la chaussée l'ombre de la Rotonde du parc.

Signé à gauche.

H. 0^m48; L. 0^m61.

5. *Le Pavillon de Flore et la nouvelle Gare d'Orléans.*

Les arbres du parc et les monuments s'espaçant sur un horizon bleuté, un ciel turquoise pâle presque entièrement caché par les nuages blancs, fauves et gris. A droite le soleil éclate sous un lourd nuage ardoise lui faisant écran opaque.

Signé à droite.

H. 0^m64. L. 0^m49.

6. *La rue Royale et la Madeleine.*

Le monument se dresse lourd et sombre sur un ciel à peine éclairé. La chaussée mouillée est sillonnée de voitures et de passants esquissés en ombres chinoises. Les premières lumières luttent avec celles d'un jour finissant.

Signé à gauche.

H. 0^m50. L. 0^m64.

7. *Place Clichy.*

Sur un ciel brumeux d'hiver que le soleil commence à percer, les silhouettes des maisons de la place Clichy s'élèvent à droite et à gauche de la rue d'Amsterdam d'où débouche un omnibus. Au milieu du tableau et presque dans l'axe de la rue un refuge, un bec de gaz aux formes éclairées projette son ombre sur un sol légèrement givré.

Des fiacres, des tramways, un cycliste, une marchande de fleurs se croisent en tous sens ; sur le refuge immobile un gardien de la paix.

Signé à droite.

H. 0^m60. L. 0^m45.

8. *L'Arc de Triomphe.*

Signé à gauche.

H. 0^m46. L. 0^m53 1/2.

9. *La Silhouette de Sainte-Clotilde et des Invalides.*

Sur un ciel lumineux où passent de gros nuages éclairés par un soleil éclatant que l'on devine à gauche, Sainte-Clotilde se profile masquant à demi le Dôme des Invalides qui apparaît plus loin.

Autour de la Basilique les toits des maisons scintillent blafards; au premier plan les arbres des Tuileries.

Signé à gauche.

H. $0^{m}55$. L. $0^{m}44$.

10. *Les Champs-Elysées et les Chevaux de Marly (effet d'automne).*

L'avenue poussièreuse est éclairée par un soleil d'après-midi d'automne.

Des voitures montent et descendent, des piétons, des cyclistes, traversent la place. A gauche et à droite les chevaux de Marly se cabrent sur leurs piédestaux de pierre.

Signé à gauche.

H. $0^{m}48$. L. $0^{m}62$.

11. *La Rue de la Paix (soleil couchant).*

A gauche le sommet des maisons doré par le soleil couchant. A droite sont arrêtés des équipages en files serrées et noires; derrière, les magasins aux devantures déjà éclairées. D'autres voitures circulent; au premier et au troisième plan des personnages traversent la rue; une modiste, un crieur de journaux. Au fond dans la brume du crépuscule, la colonne Vendôme.

Signé à gauche.

H. $0^{m}47$. L. $0^{m}62$.

12. *Le Château de Saint-Germain.*

Signé à gauche.

H. $0^{m}24$; L. $0^{m}32$.

13. *Forêt de Saint-Germain (effet d'automne).*

Signé à gauche.

H. $0^{m}32$; L. $0^{m}21$.

14. *Nocturne.*

Signé à gauche.

H. $0^{m}30$; L. $0^{m}23$.

15. *Pavillon Henri IV.*

Signé à droite.

H. $0^{m}24$; L. $0^{m}32$.

16. *Les Tuileries (effet de neige).*

La fin d'une matinée de printemps. Les arbres de l'avenue moutonnent et vont s'estompant du vert au mauve, jusqu'à l'Arc de Triomphe, qu'on aperçoit au fond.

Un ciel nuageux, semé d'éclaircies bleues, d'où descend par la gauche, du haut, un soleil pâle et blond qui plaque nettement les ombres des personnages et des voitures sur la chaussée.

Signé à gauche.

H. 0m46; L. 0m44.

17. *Entrée du Port de Dieppe.*

Signé à droite.

H. 0m20; L. 0m27.

18. *Terrasse de Saint-Germain (crépuscule du soir).*

Signé à gauche.

H. 0m24; L. 0m32.

19. *Le Boulevard avec la neige et les confettis (crépuscule).*

Signé.

H. 0m30; L. 0m37.

20. *Les Champs-Élysées.*

Esquisse.
Signé à droite.

H. $0^m 24$; L. $0^m 30$.

21. *Place de la Concorde (soleil couchant).*

Signé à gauche.

H. $0^m 25$; L. $0^m 34$.

22. *Étude de Ciel (mer du Nord).*

Signé à gauche.

H. $0^m 20$; L. $0^m 27$.

23. *Allée couverte à Ville-Évrard.*

Signé à gauche.

H. $0^m 49$; L. $0^m 31$.

24. *Le Port de Deauville.*

Signé à gauche.

H. $0^m 19$; L. $0^m 26$.

25. *Place de la Concorde.*

Esquisse.
Signé à gauche.

H. $0^m 20$; L. $0^m 32$.

25 *bis. Le Bateau (Manche).*

Signé à droite.

H. $0^m 18$; L. $0^m 26$.

26. *La Croix de Noailles.*

Signé à gauche.

H. $0^m 24$; L. $0^m 32$.

27. *La Place de la Concorde et les Champs-Élysées (matinée de printemps).*

Signé à gauche.

H. $0^m 59$; L. $0^m 80$.

28. *La Berge de la Prairie, à Croissy.*

Signé à gauche.

H. $0^m 26$; L. $0^m 39$.

29. *Le Pont-Royal (neige et dégel).*

Au premier plan, la neige presque fondue sur le pont en dos d'âne, au bout duquel on aperçoit le Pavillon de Flore, aux sculptures soulignées de blanc par la neige.

A droite et à gauche, les arbres du quai se détachent sur un ciel gris mordoré, brusquement éclairé, dans le haut, au fond, les toits de la rue de Rivoli couverts de neige.

(Peinture à l'œuf)

Signé à gauche.

H. $0^m 24$; L. $0^m 32$.

30. *Avenue des Champs-Élysées (crépuscule).*

Signé à gauche.

H. 0^m24; L. 0^m32.

31. *La Place de la Concorde (temps couvert).*

Signé à gauche.

H. 0^m21; L. 0^m26.

32. *La Seine vue du Pavillon Henri IV (3 heures du matin).*

Signé à gauche.

H. 0^m17; L. 0^m32.

33. *Champs-Élysées (soleil couchant).*

Signé à gauche.

H. 0^m23; L. 0^m31.

34. *Place Clichy (effet matinal).*

Signé à gauche.

Daté à droite.

H. 0^m16; L. 0^m23.

35. *Sainte-Clotilde et le Dôme des Invalides.*

Signé à droite.

H. 0m24 ; L. 0m19.

36. *Sainte-Clotilde et les Invalides.*

Signé à gauche.

H. 0m23; L. 0m19.

37. *Le Terre-Plein de l'Opéra.*

Signé à droite.

H. 0m23; L. 0m32.

38. *Étude pour le tableau de « La Rue de la Paix ».*

Signé du monogramme, à droite.

H. 0m15; L. 0m21.

39. *Avenue des Champs-Élysées.*

Esquisse.

Signée à gauche.

H. 0m15; L. 0m21.

40. *Place de l'Alma (La Colonne Morris).*

Gouache.

Signée à droite.

H. $0^{m}23$; L. $0^{m}34$.

41. *Avenue du Bois-de-Boulogne (Le Retour de la Promenade).*

Gouache.

Signée à gauche.

H. $0^{m}19$; L. $0^{m}23$ 1/2.

RED. :

14

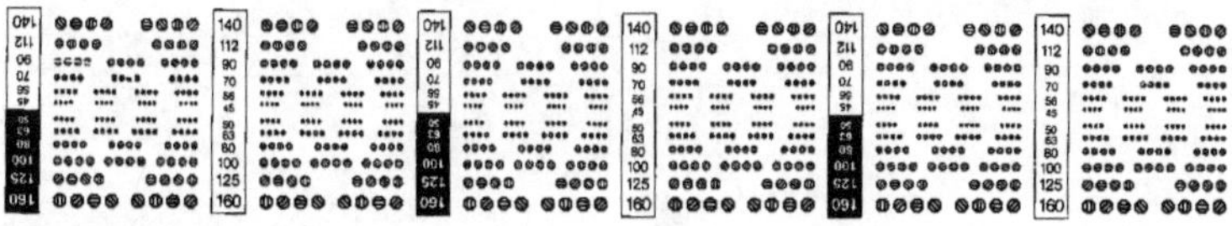

www.ingramcontent.com/pod-product-compliance
Lightning Source LLC
LaVergne TN
LVHW052034160826
845678LV00003B/1348